LES DÉFENSEURS

DE LA PATRIE

4e SÉRIE IN-12.

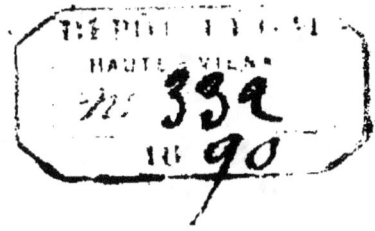

UNE BALLE ENNEMIE VINT LE FRAPPER. (P. 16.)

LES

DÉFENSEURS

DE LA PATRIE

Par Fr. DESPLANTES

Officier de l'Instruction publique

—

CINQ GRAVURES

—

LIMOGES

EUGÈNE ARDANT ET Cie

ÉDITEURS

LES DÉFENSEURS

DE LA PATRIE

La Société dont nous faisons partie, avons-nous déjà dit ailleurs, (dans *Héroïsme militaire avant 1789*), représentée par le gouvernement que nous nous donnons librement, nous assure un certain nombre de droits qui nous rendent l'existence plus facile que ne l'était celle de nos ancêtres : c'est le résultat de la civilisation. Mais tous ces droits qui nous sont assurés nous imposent par cela même des devoirs à remplir. De même que les soins prodigués par nos parents à

notre enfance nous font un devoir
de les aimer pendant toute notre vie
et de les soutenir dans leur vieillesse,
de même les avantages que nous
procurent les institutions de notre
pays, nous imposent le devoir de toujours aimer la France, et, au jour du
danger, de nous grouper autour de
son drapeau pour la défendre contre
l'étranger et lui faire au besoin le
sacrifice de notre vie, quelle que soit
la partie de son territoire qui se trouve
menacée. La défense du sol de la
patrie est devenue le premier et le
plus sacré des devoirs pour ses enfants...

Déjà, dans le passé, des bourgeois,
des gens du peuple inhabiles au métier
des armes, ont maintes fois réussi à
repousser des soldats aguerris; des
femmes ont fréquemment puisé dans
leur patriotisme la force et l'énergie
nécessaires pour aider les hommes à

sauver des villes ou à relever de ses
défaites la patrie agonisante ; des enfants même, poussés par une généreuse ardeur et une émulation admi-
rable, ont su, aux époques les plus
terribles de notre histoire, combattre
et mourir en héros. Ils nous ont laissé
à cet égard un précieux et fortifiant
exemple. Le cœur de ces héros improvisés, leur bon sens naturel, leur
avaient aisément montré le chemin de
l'abnégation et du sacrifice en faveur
de la Patrie.

C'est aussi ce devoir de la défense
du sol — devoir devenu maintenant
plus impérieux que jamais, — qui a
inspiré les belles actions et les traits
d'héroïsme que nous allons faire con-
naître dans ce petit volume. Ceux qui
les ont accomplis occupaient des positions sociales — civiles ou militaires —
sans doute bien différentes. Cependant
ils ont tous puisé dans leur patriotisme

la force de faire leur devoir jusqu'au bout, au prix de tous les sacrifices, même de celui de la vie.

Ce qu'ont déjà fait, jadis et récemment, des bourgeois paisibles, des hommes du peuple et des paysans sans instruction, des femmes timides, des enfants débiles, ce qu'ils ont fait à la suite ou à côté de nos héroïques soldats et à leur exemple, nous aussi, le cas échéant, nous le devons et le pouvons faire — et bien mieux encore que ne l'ont fait nos devanciers, — maintenant surtout que l'instruction est donnée à tous, que tous les Français sont soldats et connaissent le maniement des armes. Toutefois, gardons-nous de jamais oublier ce qui a été excellemment dit ailleurs :

« Pour faire un soldat, il ne suffit pas de la bravoure et du dévouement. Ce n'est point en effet uniquement par de magnifiques explosions d'héroïsme au grand soleil des luttes épiques, c'est aussi par l'abdication de la volonté de tous devant la volonté d'un seul, c'est par la foi dans ceux qui commandent, c'est par la patience dans les privations, c'est par la persévérance dans les efforts, c'est par la constance dans les revers; en un mot, c'est par les mâles vertus du courage et de la discipline, que des masses d'hommes deviennent une armée, et qu'une armée devient, dans les mains d'un chef habile, le glorieux instrument du salut d'un pays. »

Le Capitaine VOGEL

Le 29 septembre 1870, l'armée allemande, entrée à Amiens, occupait la ville entière, à l'exception de la citadelle, où se trouvaient seulement cent trente artilleurs et trois compagnies des mobiles du Nord, en tout quatre cent cinquante hommes.

Le commandant de la citadelle était le capitaine Vogel, né en 1851 à Bouxwiller, en Alsace, qui avait déjà servi en Afrique, en Crimée et en Italie.

Sommé par trois fois de se rendre, le commandant refusa héroïquement de livrer la citadelle. L'artillerie ennemie commença son feu et la mousqueterie fit pleuvoir sur les remparts une grêle de balles. Le commandant fut atteint, au bastion 5, alors qu'il dirigeait en personne le feu de ses artilleurs.

Douze heures après, la citadelle dut capituler : les Allemands rendirent les honneurs militaires au corps du commandant. Ils élevèrent même sur sa tombe une croix sur laquelle ils placèrent l'inscription suivante :

« Ici repose en Dieu le vaillant com-
» mandant Vogel, tué le 29 novem-
» bre 1870 pendant la défense de la
» citadelle d'Amiens : — des sol-
» dats prussiens lui ont élevé cette
» croix. »

Dix-huit ans plus tard, le 23 septembre 1888, cette croix a été remplacée par un monument élevé par souscription publique à la mémoire de l'héroïque soldat. Ce monument, œuvre de deux artistes, M. Albert Roze, sculpteur, et M. Ratier, architecte, se compose d'un buste en bronze placé sur une très large pyramide reposant elle-même sur un vaste soubassement: sur la face antérieure, on lit :

A VOGEL (1870)

SOUSCRIPTION PUBLIQUE.

Et sur la face postérieure :

JEAN-FRANÇOIS VOGEL, NÉ EN 1821,

A BOUXWILLER (Bas-Rhin)

tué à l'ennemi le 29 novembre 1870

en défendant la citadelle d'Amiens,

chevalier de la Légion d'honneur

CAMPAGNES D'AFRIQUE, D'ORIENT, D'ITALIE

ET CONTRE L'ALLEMAGNE.

M. Goblet, alors ministre des affaires étrangères, s'était rendu à l'inauguration solennelle du monument, à laquelle assistaient également, outre un nombreux public, toutes les autorités de la ville et du département, plusieurs sociétés patriotiques ou musicales, et madame Vogel et sa fille, qui pleuraient d'émotion.

Il m'a paru, a déclaré ce jour-là

M. Goblet, « qu'on ne saurait trop honorer ce modeste capitaine, mort simplement, à son poste, pour la patrie. Vogel! vers quels souvenirs ce nom nous reporte!

» Le 27 novembre 1870, au lendemain de la bataille héroïquement soutenue par des forces inférieures aux approches d'Amiens, l'ennemi avait envahi notre ville : la citadelle restait bien impuissante, hélas ! à nous protéger ! quelques centaines de soldats improvisés l'occupaient, mobiles du Nord et de la Somme. Mais elle était commandée par un vieux soldat, fils de l'Alsace, Vogel, sorti des rangs, engagé aux zouaves, blessé en Afrique, en Crimée, en Italie, où il avait été fait capitaine.

» Invité par le commandant d'un détachement prussien à cesser une lutte disproportionnée, il répondit sur l'heure en ces termes : « Je ne crois

» pas que la retraite des troupes fran-
» çaises soit un motif suffisant pour me
» faire abandonner le poste dont j'ai
» le commandement; je suis donc
» résolu à défendre la citadelle avec
» toute l'énergie dont je suis capa-
» ble. »

« Le lendemain, comme l'attaque
venait de commencer et qu'il s'avançait vers une embrasure pour examiner le tir et empêcher qu'on fît feu
sur la ville, une balle ennemie vint le
frapper au côté droit.

» Il tomba sans proférer une plainte,
mais en adressant encore quelques
paroles d'encouragement à ceux qui
l'entouraient : quelques instants après,
il était mort.

» Dans la nuit, l'ennemi, renonçant
à une attaque de vive force, avait fait
dresser ses batteries sur les hauteurs
environnantes.

» La citadelle dut capituler et recevoir une force prussienne, et, durant de longs mois, la ville resta sous sa menace.

» Que ces temps sont déjà loin de nous !

» Beaucoup de vous les ont à peine connus, à cause de leur jeune âge, et, parmi nos contemporains, combien en est-il chez qui l'impression s'en est effacée peu à peu ?

» Il est bon cependant, il est salutaire de réveiller ces souvenirs et c'est pourquoi je remercie nos généreux concitoyens, à qui est due l'érection de ce monument et qui nous ont conviés à cette solennité.

» Si nous rappelons aujourd'hui nos jours de désastre et de deuil, ce ne doit pas être seulement, en effet, pour honorer un vaillant soldat, mort en accomplissant son devoir. Vogel a succombé, et tant d'autres comme lui, plus illustres ou plus obscurs, dans une lutte inégale, où l'on ne pouvait plus espérer vaincre.

» La ruine de toutes nos forces organisées ne leur a pas paru un motif suffisant de cesser la résistance. Ils ont succombé pour nous sauver l'honneur, et, s'ils ne pouvaient assurer l'intégrité du territoire, pour laisser au moins après eux une France fière et capable de renaître de ses malheurs.

» A notre tour nous avons des devoirs envers eux ; ce serait bien mal les remplir que d'oublier la leçon qui sort de tels événements. »

MM. DESMORTIERS et
Édouard MAITRE

Le dimanche, 16 octobre 1887, les petites villes de Beaumont et de Persan, très voisines l'une de l'autre, étaient en fête. Elles inauguraient un monument élevé pour perpétuer la mémoire d'un des plus douloureux, mais aussi des plus glorieux épisodes de la Défense nationale dans l'Oise, en 1870 : la résistance prolongée de Parmain et le massacre par les Prussiens de deux des défenseurs de cette ville, MM. Desmortiers et Edouard Maître.

Le 29 septembre 1870, quinze ou seize cents Prussiens, exaspérés d'avoir été tenus en échec pendant douze jours par la petite ville de Parmain, réussissaient à capturer deux des francs-tireurs qui avaient contribué à défendre cette localité : MM. Desmortiers, un vieillard âgé de soixante et onze ans, ancien juge d'instruction près le tribunal de la Seine, et son domestique, Edouard Maître, âgé de trente-quatre ans.

On les mène à Persan, à peine vêtus et pieds nus, devant un groupe d'officiers.

— « J'ai fait mon devoir, dit M. Desmortiers, j'ai fait ce que tous les Français devraient faire. »

Et comme on les conduit sur le lieu d'exécution, le vieillard s'écrie :

— « Je meurs pour la patrie, je meurs content! »

Les Prussiens n'entrèrent dans Parmain que quand ils furent bien assurés que les francs-tireurs l'avaient quitté, et ce fut pour incendier de fond en comble ce joli village, qui paya ainsi

J'AI FAIT MON DEVOIR, DIT M. DESMORTIERS.

(P. 21.)

de sa ruine l'exemple de patriotisme donné par ses habitants.

Dès le matin du 16 octobre 1887, Beaumont et Persan présentaient une animation inaccoutumée : bataillons scolaires, sociétés de gymnastique, compagnies de sapeurs-pompiers, accourus par les premiers trains de toutes les localités avoisinantes, parcouraient la ville pavoisée, précédés de leurs fanfares et salués partout par les cris enthousiastes de la population.

L'inauguration du monument n'eut lieu cependant que dans l'après-midi. A quatre heures, le voile tricolore qui le masquait tomba aux accents de la *Marseillaise*. M. Maze, sénateur de Seine-et-Oise et la plupart des autorités départementales rehaussaient par leur présence la solennité de cette patriotique cérémonie.

Le monument s'élève sur le territoire de Persan, en bordure de la route départementale qui longe la rive gauche de l'Oise, tout près du pont qui relie Persan et Beaumont. En face, de l'autre côté de la rivière, sur la colline, s'étage Beaumont avec ses toits superposés que domine le clocher trapu de sa vieille basilique.

Il se compose d'une pyramide supportée par un socle de granit bleu et d'un soubassement de trois marches de même matière.

Sur l'une des faces, on remarque une couronne de chêne traversée par une palme de lauriers, puis, au-dessus, en lettres rouge et or sur des plaques de marbre noir, ces inscriptions :

HONNEUR ET PATRIE

COURAGE ET DÉVOUEMENT

A LA MÉMOIRE

DE DESMORTIERS ET MAITRE

FUSILLÉS A CETTE PLACE

PAR LES PRUSSIENS

LE 1ᵉʳ OCTOBRE 1870.

QUATRE BRAVES

—

C'est sous ce titre que M. Bertol-Graivil, le spirituel historiographe des voyages du président de la République à travers la France, racontait, au commencement d'octobre 1888, la présentation faite à M. Carnot de quatre soldats du 3ᵉ hussards, héros d'un glorieux fait d'armes accompli le 17 janvier 1871. Voici d'ailleurs la lettre entière de M. Bertol-Graivil :

« Jeudi dernier — écrivait-il, — lors de l'arrivée de M. le président de la République, à Dijon, s'est passé un fait aussi imprévu qu'émouvant, qui a vivement excité la surprise de M. Carnot et de sa suite.

» Le commandant Chamoin a présenté au premier magistrat de la

République quatre de ces vieux soldats du 3e hussards qui tinrent en échec soixante-dix dragons prussiens, à Saint-Romain-de-Colbosc — où l'on inaugurera, dimanche prochain, le monument commémoratif de cette folle et valeureuse équipée.

» A l'aspect soudain de ces bons vieux soldats, qui firent si merveilleusement leur devoir à Saint-Romain-de-Colbosc, un frisson d'enthousiasme nous saisit tous. Avec leurs grosses moustaches qu'ils tortillaient sans merci, leurs uniformes ornés de galons et de médailles et leurs allures martiales, on les eût pris facilement pour quelques épaves de l'ex-grande armée.

» Il y avait là le lieutenant Rouget, le maréchal des logis Champion et les soldats Laurent et Pellerin. Deux manquaient à l'appel : le maréchal des logis Bertrand, mort en Tunisie, lieutenant au 6e hussards, et le soldat

Brassart, qui vit toujours, mais dont on ignore la retraite.

» Des quatre hommes présentés au président de la République, trois ont été autrefois décorés de la médaille militaire pour leur glorieux fait d'armes, et, chose incroyable, ce sont les trois soldats; le maréchal des logis qui les commandait a été oublié. Il est vrai que M. Carnot lui a promis de se souvenir de lui prochainement.

» Ces quatre braves m'avaient intéressé à un tel point, que je les cherchais le soir dans les rues de Dijon pour causer avec eux. Je les rejoins au café de la Rotonde...

» Le lieutenant Rouget me raconte ce fait d'armes en ces termes :

» Le régiment du 3ᵉ hussards éclairait l'armée du Havre et s'était cantonné dans les environs. Un jour, le colonel de Beaumont, qui le commandait, nous apprit que les Prus-

» siens occupaient Saint-Romain-de-
» Colbosc et demanda six hommes de
» bonne volonté pour pousser une re-
» connaissance jusque-là. Les six hom-
» mes choisis furent Bertrand, Cham-
» pion, Laurent, Brassart, Pellerin et
» moi qui devais les commander.

» A Saint-Romain-de-Colbosc, nous
» tombons dans un détachement de
» soixante-dix dragons, qui aussitôt
« se mettent à tirer sur nous : Lau-
» rent tombe, frappé de neuf balles ; il
» se relève, néanmoins, mais un capi-
» taine prussien parvient à le faire
» prisonnier. Laurent fut enfermé au
» château de Mélamard.

» Nous restions cinq et nous étions
» cernés : Que faire ? Il ne restait
» plus qu'à se faire tuer ou à se ren-
» dre. Bah ! après avoir brûlé nos
» vingt-cinq cartouches, je conférai
» rapidement avec Bertrand ET NOUS
» DÉCIDAMES QUE NOUS CHARGERIONS.

» Fameuse idée ! Les Prussiens
» s'imaginèrent que nous étions sou-
» tenus par derrière, et, en nous
» voyant leur courir sus, sabre au
» poing, ils se mirent à détaler comme
» des lièvres en plaine.

» Le tout se chiffra pour nous par
» quelques coups de sabre. »

« Ce fait d'armes héroïque fut porté
à l'ordre du jour de l'armée.

» Le soldat Champion, depuis maréchal des logis, m'a fait voir avec
fierté — et il y a de quoi ! — son certificat de bonne conduite, sur lequel
on lit :

« Je donne l'accolade, je serre la
» main au maréchal des logis Cham-
» pion, et j'estime que le premier
» maréchal de France serait honoré
» de faire comme moi,

» Signé : colonel RENAUDOT. »

« Voilà les braves que le comman-

dant Chamoin avait fait défiler devant
le président de la République et que le
lieutenant Rouget me présentait à
tour de rôle, en les appelant d'une
voix martiale :

» — *Ici, Champion !* — *Viens ici,*
Laurent !

« Et les braves soldats, l'air absolument rébarbatif, obéissaient et évo-
luaient comme des conscrits modèles,
la main au képi, le petit doigt sur la
couture du pantalon.

» Quant au soldat Pellerin, un vieux
grognard qui a fait la campagne du
Mexique, c'est incontestablement le
plus curieux type des quatre.

» Un vrai Charlet !

» Et comme je le félicitais de s'être
si bien comporté devant l'ennemi :

» — Je suis de Montluel — me ré-
» pondit-il d'une voix de tonnerre ; —
» vous direz que je suis de Montluel
» et pas de Nantua. J'y tiens pour

» ma famille ; c'est un honneur de
» pouvoir dire qu'elle a un fils comme
» moi qu'est de Montluel !... »

« Et il me serrait la main à me la
briser dans la sienne, bonne et large
main, bien franche, bien ouverte, bien
française. »

Nous avons tenu à donner tout entière à nos lecteurs la lettre si intéressante de M. Bertol-Graivil, bien qu'il
s'y soit glissé une petite inexactitude
qu'Emile Rouget s'est aussitôt em-
pressé de rectifier dans les termes
suivants :

« Paris, le 13 octobre 1888.

» Monsieur,

» Dans l'article si élogieux pour les
» hussards de Saint-Romain, paru
» aujourd'hui même, vous m'attribuez
» un honneur qui revient à mon cher
» et tout regretté camarade Bertrand.
» mort depuis en Tunisie.

» Je me suis, sans doute, mal ex-
» primé, lorsque vous avez bien voulu
» me demander le *récit du combat de*
» Saint-Romain.

» Le maréchal des logis Bertrand
» avait le commandement et aussi la
» responsabilité de la reconnaissance.
» J'étais sous ses ordres.

» Bertrand était un brave, je vous
» en réponds, et c'est à sa mémoire,
» surtout, que doit aller la grande
» part d'honneur que vous nous ac-
» cordez.

» Je vous serai bien reconnaissant de
» rendre à mon ami Bertrand ce qui
» lui appartient : l'honneur de nous
» avoir commandés, le 18 décem-
» bre 1870.

» Laurent avait neuf blessures :
» sept coups de sabre et deux balles.

» Veuillez agréer cher monsieur,
» pour mes camarades et pour moi,
» l'assurance de notre bien sincère

» gratitude et de notre dévoue-
» ment.

» *Signé* : EMILE ROUGET. »

Le monument dont parlait M. Bertol-
Graivil au commencement de sa lettre
a été solennellement inauguré à Saint-
Romain, auprès du Havre, le dimanche, 14 octobre 1888. Il est élevé à la
mémoire de trois braves francs-
tireurs (Paul Caufourier, Louis Hau-
guel et le lieutenant Frédéric Bellan-
ger), tombés mortellement frappés
par les dragons prussiens sur le territoire de Saint-Romain, en accomplissant héroïquement leur devoir dans
cette même journée.

Jean DOLFUS

Lorsque Jean Dolfus mourut à la fin de mai 1887, ce fut un deuil immense pour toute l'Alsace.

Jean Dolfus, en effet — écrivait un Alsacien au moment où il se trouvait encore sous le coup de cette douloureuse nouvelle, — était une sorte de coquetterie pour ce cher pays d'Alsace, qui aimait à le montrer comme un des hommes les plus purs des deux départements. Sa haute intelligence et son activité avaient fait de Mulhouse une des premières cités industrielles du monde entier, et ses innombrables ouvriers, dont il avait su assurer le bien-être et la vieillesse, l'aimaient comme un père et fêtaient son arrivée à Dornach comme on fête celle d'un bienfaiteur. Dans le monde entier l'honneur commercial des Dolfus était comme un miroir d'acier poli qu'aucun souffle n'a jamais terni.

Doyen de la protestation au Reichstag, il y resta jusqu'au moment où, son grand âge lui imposant des ménagements, il désigna pour son successeur Lalance, aujourd'hui expulsé comme Antoine, dans l'Alsace-Lorraine.

C'est lui qui, maire de Mulhouse, au moment de l'arrivée de l'armée allemande, alla au-devant du général pour lui demander d'épargner à la ville la contribution écrasante qui la ruinait et les garnisaires imposés aux malheureux ouvriers sans aucun travail.

Il se heurta à un refus dur et insolent.

Le vieillard avait mis à propos de sa démarche toutes ses décorations, entre autres la croix de commandeur de l'aigle rouge de Prusse.

Alors, redressant sa taille, il arracha cet insigne de son cou, le lança aux pieds du général allemand en lui disant :

— Vous direz au roi votre maître que je ne veux plus de cette croix, que désormais aucun homme à l'âme haute et généreuse n'osera plus porter.

— Je vais vous faire fusiller ! cria l'autre, furieux.

Jean Dolfus se croisa les bras et répondit fièrement :

— Un vrai Français ne craint pas la mort : je suis prêt !

On ne fusille pas un Jean Dolfus. L'affaire n'eut pas de suites.

Nous espérions que l'homme vénéré dont nous pleurons la perte vivrait, malgré son grand âge, pour voir le jour de la justice.

Le destin ne l'a pas voulu...

DENFERT-ROCHEREAU
à Belfort

A la fin d'août 1884, Belfort, en signe de reconnaissance, a, sur l'une de ses places, élevé un monument en l'honneur des deux hommes qui, au moment où la Lorraine et l'Alsace nous étaient enlevées, ont fait que cette cité restât française et demeurât comme une sentinelle avancée sur notre frontière de l'est. A cette occasion, M. F. Laffon a publié les lignes suivantes sur le défenseur de Belfort :

Nous ne voulons pas, disait-il, refaire ici l'historique du siége de Belfort, ni raconter les luttes soutenues par l'héroïque cité contre les colonnes allemandes, pendant trois mois et demi d'investissement; mais nous tenons à remettre en mémoire les titres du commandant supérieur de cette ville, en 1870-71, à la reconnaissance des Belfortains.

Le premier acte qui signala le colonel Denfert-Rochereau fut sa réponse au général de Tresckow, commandant en chef des troupes prussiennes concentrées devant Belfort, qui demandait la reddition de la forteresse, dès le 4 novembre 1870 :

« Général,

» J'ai lu avec toute l'attention
» qu'elle mérite la lettre que vous
» m'avez fait l'honneur de m'écrire
» avant de commencer les hostilités.
» En pesant dans ma conscience les
» raisons que vous me développez, je
» ne puis m'empêcher de trouver que
» la retraite de l'armée prussienne
» est le seul moyen que conseillent à
» la fois l'honneur et l'humanité pour

» éviter à la population de Belfort les
» horreurs d'un siége.

« Nous savons tous quelle sanction
» vous donnez à vos menaces, et nous
» nous attendons, général, à toutes
» les violences que vous jugerez néces-
» saires pour arriver à votre but;
» mais nous connaissons aussi l'éten-
» due de nos devoirs envers la France
» et envers la République, et nous
» sommes décidés à les remplir.

» Veuillez agréer, général, l'assu-
» rance de ma considération très dis-
» tinguée.

» *Le colonel commandant supérieur,*

» Denfert. »

Le colonel Denfert ne se borna pas
à écrire ; il sut agir dès le début, et
l'on sait avec quelle vigueur.

Tout d'abord il fit armer les ouvra-
ges provisoires de la ville, poussa
avec énergie les travaux qui devaient

favoriser une défense éloignée et obtint comme premier résultat de faire perdre aux assiégeants trois semaines entières en tâtonnements et en études sur le plan d'attaque.

Le 3 novembre, le fort de la Justice avait envoyé le premier obus sur les retranchements prussiens; ceux-ci ne tardèrent pas à répondre, et, le 3 décembre, les bombes ennemies vinrent éclater dans les faubourgs de Belfort.

C'est alors que commença la tâche lourde et ardue de commandant en chef. Obligé de veiller à tout, s'occupant des moindres détails, le colonel Denfert résumait en lui la défense de la ville.

C'est ainsi qu'il présidait aux dernières installations du fort de Bellevue, sous une grêle de balles; préparait les sorties, inspectait les remparts, examinait par lui-même les positions des batteries ennemies.

IL PRÉSIDAIT AUX DERNIÈRES INSTALLATIONS
DU FORT DE BELLEVUE. (P. 41.)

Ce fut quand il se disposait à aller au fort des Barres que les officiers de son entourage, les capitaines Châtel, Degombert, Wehrlin, etc. insistèrent auprès de lui pour qu'il ne s'exposât plus, rappelant que le règlement lui en faisait un devoir d'autant plus strict que, dans la situation où se trouvait Belfort, sa mort serait la chute de la place.

Ces officiers avaient raison, et c'est à leur insistance que le colonel céda en consentant à se renfermer dans sa casemate, casemate que ses détracteurs lui ont assez reprochée, et de laquelle cependant il sortit tous les jours, soit pour visiter les blessés à l'hôpital de l'Espérance et à l'ambulance Grosborne, soit pour examiner les travaux de l'ennemi.

Enfin, après deux mois terribles, pendant lesquels des sorties répétées et un bombardement, qui jetait par jour jusqu'à sept et huit mille obus dans la ville, avaient décimé la population et la garnison, le colonel Denfert-Rochereau, toujours maître de Belfort, reçut de M. Ernest Picard, alors ministre des affaires étrangères, l'ordre de rendre la place qu'il avait si brillamment défendue.

Ce fut le 13 février 1871 au soir, que les hostilités cessèrent, après soixante-treize jours d'un bombardement sans trève ni répit; le canon de Belfort était le dernier qui eût retenti en France.

La garnison de Belfort obtint les honneurs de la guerre; combien parmi les commandants de place assiégée purent à cette époque revendiquer pareil honneur!

Je ne saurais, ajoutait excellemment M. F. Laffon, rendre un plus éclatant hommage au colonel Denfert, que de terminer en citant textuellement le paragraphe 2° de la convention relative à la reddition de la place de Belfort, conclue à Pérouse le 16 février 1871.

« 2° — La garnison, en raison de sa
» valeureuse défense, sortira libre-
» ment, avec les honneurs de la guer-
« re, et elle emmènera les aigles,
» drapeaux, armes, chevaux, équi-
» pages et appareils de télégraphie
» militaire qui lui appartiennent spé-
» cialement, ainsi que les bagages des
» officiers et ceux des soldats, et enfin
» les archives de la place. »

*
* *

A propos de la défense de Belfort, et à la suite du colonel Denfert-Rochereau, mentionnons un vieux brave, le capitaine Lotz, mort récemment à Angoulême (le 30 mars 1889), où il avait établi son domicile pendant les deux dernières années de sa vie.

Le capitaine Lotz, qui avait près de quatre-vingts ans, au moment où la mort est venue l'atteindre subitement, était en retraite avant la guerre de 1870-71. En présence de nos désastres, il n'hésita pas à reprendre du service et il alla rejoindre à Belfort le colonel Denfert-Rochereau. Pendant tout le temps que dura le siége de cette place, le capitaine Lotz fut le bras droit du colonel Denfert, qui avait pour son subordonné une profonde estime.

Pour sa belle conduite, le capitaine Lotz avait été fait officier de la Légion d'honneur.

Paul HOLLE

A l'extrême frontière de notre colonie africaine du Sénégal, le poste de
Médine marque la limite de notre
occupation sur le fleuve qui porte le
même nom que la colonie : c'est
d'ailleurs à Médine qu'il cesse d'être
navigable à cause des chutes du Fel-
lou, situées non loin de là, qui, lorsque
les eaux sont fortes, forment d'im-
posantes et curieuses cataractes.

Le **poste** de Médine est célèbre dans
nos annales sénégalaises par le siége
qu'il soutint, en 1855, contre El-Hadj-
Omar, prophète du Soudan occidental,
et père d'Ahmadou, émir actuel du
vaste empire africain du Ségou.

Le commandant français — dit
M. Gabriel Gravier dans la relation

qu'il a publiée du voyage de Paul
Soleillet à Ségou, — montra une énergie, un courage, un dévouement au-
dessus de tout éloge. Ce commandant
était Paul Holle, un simple civil, un
mulâtre né à Saint-Louis.

Ce fut le 20 avril 1857 que le siége
fut mis devant Médine, qui était pro-
tégée par un fort français construit
en septembre 1855.

L'armée assiégeante comptait, d'a-
près Samfarba, qui s'y trouvait, vingt-
trois mille hommes. Mage, sur d'autres informations, réduit ce chiffre à
quinze mille.

« L'histoire du siége de Médine, »
écrit le même auteur, « est une des
» pages les plus brillantes des fastes
» militaires du Sénégal; c'est un de
» ces faits qui ne seront jamais assez
» connus, parce qu'ils se sont passés
» au Sénégal, pays qui excite bien
» peu d'intérêt en France; mais il

» n'en est pas moins vrai qu'on peut
» chercher dans l'histoire de la France
» et dans les faits les plus mémora-
» bles des guerres de l'Algérie, on
» trouvera autant d'héroïsme, mais
» plus, non, c'est impossible. »

Pendant quatre mois, c'est-à-dire jusqu'au 18 juillet 1857, une poignée d'hommes, parmi lesquels se trouvaient quelques Français, commandés par Paul Holle, mulâtre de Saint-Louis et simple civil, a tenu tête à une armée formidable, se croyant invincible, animée d'une haine profonde contre les Khasso-nké et les Français, fanatisée par son chef qui promettait, à ceux qui tombaient sur le champ de bataille, les joies du paradis musulman.

L'héroïque petite troupe du fort avait épuisé ses munitions et défendait ses murs à l'arme blanche. Paul Holle avait calculé le moment où il ne lui resterait plus qu'à se faire sauter. Tout à coup le canon tonne au-delà des lignes ennemies. Le combat s'engage avec le nouveau venu. Les soldats d'El-Hadj se défendent énergiquement, mais peu à peu ils perdent du terrain et finissent par battre en retraite. Médine est sauvée !

C'était le lieutenant-colonel Faidherbe (aujourd'hui général de division et grand chancelier de la Légion d'honneur), qui arrivait au secours de cette place. Par un puissant effort de volonté, grâce aussi à une crue inespérée du fleuve, il avait pu remonter jusqu'à Kayes, avec une poignée de laptots. Avec ses quelques hommes, il en mit en fuite quinze mille, et la ceinture de cadavres qui entourait le fort témoignait de l'opiniâtreté de la résistance. C'est prodigieux, mais c'est ainsi. Tout est prodigieux dans cette affaire de Médine...

Paul Holle est mort commandant du poste de Médine et a été inhumé dans l'angle sud-ouest du cimetière. Il repose sous une large dalle qui porte cette inscription :

CI-GIT

M. PAUL HOLLE,

COMMANDANT DE MÉDINE,

DÉCÉDÉ

LE 27 MARS 1862.

Après le siége de Médine, il fut décoré de la Légion d'honneur. L'un de ses fils, M. Paul Holle, est actuellement commandant du poste de Saldé; c'est un homme très distingué. Nous espérons qu'il suivra les traces de son glorieux père, qui fut, à l'heure du danger, un héros, et, toute sa vie, un administrateur intelligent, intègre et zélé.

Un monument commémoratif a été élevé par l'illustre général Faidherbe sur la place de Médine. Il se compose d'une pyramide posée sur un socle en maçonnerie ; il est entouré d'une grille en fer portant aux quatre angles des urnes funéraires. Dans le socle sont encastrées quatre tables en bronze portant les inscriptions suivantes :

Face nord .

PAUL HOLLE

COMMANDANT DE MÉDINE

NÉ A SAINT-LOUIS

SE COUVRIT DE GLOIRE

EN DÉFENDANT SON POSTE

CONTRE EL-HADJ OMAR

EN 1857.

MORT A MÉDINE EN 1862.

Face méridionale :

MONUMENT ÉLEVÉ

PAR ORDRE

DU GÉNÉRAL FAIDHERBE

GOUVERNEUR DU SÉNÉGAL

EN 1862.

Face orientale :

ROGER DESCEMET

LIEUTENANT D'ÉTAT-MAJOR

AIDE DE CAMP DU GOUVERNEUR

TUÉ A LA DÉLIVRANCE

DE MÉDINE

EN 1857.

Face occidentale :

RENÉ DES ESSARTS

ENSEIGNE DE VAISSEAU

CAPITAINE DU GUET N' DAR

MORT GLORIEUSEMENT

A KAY

EN CHERCHANT A SECOURIR MÉDINE

EN 1857.

Ce monument rappelle un glorieux fait d'armes et aussi une époque heureuse où le Sénégal, administré par un chef exempt de préjugés, entouré de sympathies, utilisait, sans distinction de race ou de caste, tous les hommes de bonne volonté.

Pierre BIAIS

—

Si tous les faits isolés un peu inté-
ressants étaient réunis dans un *recueil,*
celui-ci serait certainement d'une
grosseur fort respectable. On l'a dit
depuis longtemps : *on ferait un énorme
vo lume de ce qu'on ne publie pas.* Voici,
entre autres, l'histoire d'un homme
qui, au moment de partir pour l'armée,
avait tellement peu le sentiment de
son devoir patriotique qu'il ne son-
geait qu'à se cacher ou à sortir de
France pour déserter le poste où l'ap-
pelait la loi de son pays. Cela se pas-
sait il est vrai au commencement du
siècle, à l'époque où les grandes et
incessantes guerres de Napoléon Ier
contre les divers Etats européens
effrayaient nombre de conscrits. Puis,

ce même homme, une fois arrivé à
l'armée, reprit sans doute possession
de lui-même, comprit mieux son devoir, et devint un des nombreux héros
de nos armées alors victorieuses.
Cette histoire intéressante de *Pierre
Biais* a été racontée, il y a une qua-
rantaine d'années, par M. Hippolyte
d'Aussy, dans les termes suivants :

Mon père, écrivait le narrateur,
n'avait pas cessé, depuis dix-huit ans,
de faire d'importants travaux à sa
campagne de Peilouaille, et, pour y
parvenir, il avait besoin d'un grand
nombre d'ouvriers. Il avait en outre
douze domestiques qui formaient le
noyau principal des terrassiers, et il y
avait souvent parmi eux des places
vacantes, car la conscription et des
rappels successifs tourmentaient alors
la population masculine. Or, il advint
qu'à la Saint-Jean de 1803, un ama-
teur demanda à être agrégé à la com-

pagnie en résidence sur le coteau, et
il y fut admis. Il se nommait *Pierre
Biais,* était né dans une commune du
département des Deux-Sèvres, limi-
trophe de celui de la Charente-Infé-
rieure, paraissait être âgé de vingt-
deux à vingt-quatre ans, et était por-
teur d'un certificat constatant qu'il
avait été libéré par le sort. Ce jeune
homme n'avait rien de remarquable;
sa tournure commune, son col gros et
court, sa figure rouge, sa tête basse,
sa taille trapue, présentaient le type
parfait des grainetiers poitevins.
Pierre Biais eut dans ses attributions
le pansage des chevaux, et, comme de
raison, il conduisit la voiture. Je ré-
péterai qu'il méritait d'être classé au
nombre de ceux dont on ne parle sous
aucun rapport, et cependant il allait
entrer en relation directe avec le
corps de la gendarmerie, — institution
plus utile à la tranquillité publique

qu'agréable, en général, aux jeunes conscrits.

Voici ce qui contribua à jeter de la variété dans la vie monotone du directeur de l'écurie de Pellouaille.

Il avait, en effet, satisfait à la conscription, mais ensuite il avait été rappelé et avait *oublié* de répondre à cette invitation. Déclaré *réfractaire*, on fit des recherches dans sa commune pour s'assurer de lui, et on parvint à découvrir à peu près le lieu de sa retraite, c'est-à-dire qu'on écrivit à M. Démontis, lieutenant de gendarmerie à Saint-Jean-d'Angély, que cet homme était domestique dans une campagne très près de cette ville. M. Démontis, ami de mon père depuis plus de trente ans, se douta que Pellouaille pouvait bien être le mot de l'énigme, et il vint s'informer si, par hasard, Pierre Biais n'en était point habitant. Le délinquant com-

parut devant mon père et le lieutenant, et il leur fit l'aveu de sa faute.
M. Démontis, touché de sa franchise,
lui dit qu'il prenait sur lui de ne pas
le faire conduire par la gendarmerie,
de brigade en brigade, jusqu'au régiment sur lequel il devait être dirigé,
et que, en s'engageant à le rejoindre,
il allait lui faire délivrer une feuille
de route. Biais promit aisément tout
ce qu'on voulut, et, dès le lendemain,
il était en marche pour l'Italie. Je dois
dire, en fidèle historien, que je sus
plus tard, par les autres domestiques,
qu'il avait juré, au moment de son
départ, que jamais il ne passerait sous
les drapeaux ; qu'il ne ferait pas vingt
lieues sur le chemin tracé dans sa
feuille de route, et qu'on n'entendrait
plus parler de lui.

Ce fut avec de pareilles dispositions
que Biais quitta le pays, au commencement de 1805, et cependant, deux

mois après sa sortie de Pellouaille, il fit écrire à mon père, par un officieux camarade, qu'il était arrivé au dépôt du 19° régiment de chasseurs, et sa lettre contenait la formule ordinaire des soldats : *Je souhaite que la présente vous trouve comme elle me quitte.*

Quant à M. Démontis, il rendit compte de ce qu'il avait fait à son collègue de Melle, et quoique les règlements fussent fort sévères pour l'arrestation des réfractaires, cette affaire n'eut pourtant pas d'autre suite, les recherches qu'on avait faites de Pierre Biais ayant eu plutôt pour but d'avoir un soldat sous les armes qu'un retardataire dans un dépôt de punition.

Napoléon avait réuni cent cinquante mille hommes sur les côtes de Boulogne et une immense flottille, avec laquelle il menaçait l'Angleterre de renouveler l'invasion de Guillaume le Conquérant. Lasse de retenir ses

escadres dans la Manche et d'avoir
constamment ses volontaires sous les
armes, en face des Français, elle offrit
des subsides à l'Autriche et à la Russie
pour les déterminer à recommencer
la guerre. La Bavière fut, en partie,
envahie par les Autrichiens ; mais les
Français, arrivés en Allemagne au
pas de course, recueillirent en peu de
jours les fruits des savantes et auda-
cieuses manœuvres de l'empereur.
Leur marche sur Vienne ne fut qu'une
suite de triomphes, couronnée par la
grande victoire d'Austerlitz, qui
amena la conclusion de la paix. Pendant la campagne d'Autriche, l'ar-
chiduc Charles, comparable à Guillaume III pour son courage, ses talents
et le malheur qui s'attachait à ses
conceptions stratégiques, avait tenté,
à la tête de quatre-vingt mille hommes, de s'emparer du Milanais ; mais,
malgré ses habiles manœuvres, il

avait été promptement forcé de céder
à l'ascendant de Masséna, soutenu
par l'impétuosité des soldats français.
Poursuivi avec vigueur, le prince
Charles avait successivement évacué,
après quelques combats sanglants,
l'Italie, la Carinthie, et concentrait
ses forces en Hongrie pour essayer de
prendre l'offensive, lorsque la conclusion du traité de paix arrêta la marche des divisions belligérantes. Le
19° régiment de chasseurs avait constamment fait partie de l'armée de
Masséna, et rien n'indiqua qu'il se fût
plus signalé que les autres régiments,
qui, dans cette courte et glorieuse
campagne, avaient tous rivalisé de
courage et d'ardeur.

Je revins de Paris en septembre 1806, après avoir terminé mes
études, et mon père, alors maire de la
commune de Courcelles, me montra
une lettre qu'il avait reçue de M. le

Ministre de la guerre, il y avait environ dix mois ; elle était conçue à peu
près en ces termes : « Je vous pré-
» viens, monsieur le maire, que *Pierre*
» *Biais,* chasseur au 19ᵉ régiment de
» l'arme, mis à l'ordre du jour de l'ar-
» mée d'Italie, *pour une action d'éclat,*
» et qui va jouir d'une pension de *cinq*
» *cents francs,* par décision spéciale de
» l'Empereur, a manifesté l'intention
» de se retirer dans votre commune ;
» je vous en préviens pour que vous
» receviez ce brave militaire avec
» toute la distinction qu'il mérite. »

Quel changement prodigieux s'était
opéré ! Le réfractaire Pierre Biais,
parti en jurant qu'il ne rejoindrait
jamais son régiment, avait été mis à
l'ordre du jour de l'armée de Masséna,
et allait jouir d'une pension bien plus
considérable que celle affectée aux
simples soldats... Mais quel était l'ex-
ploit pour lequel on accordait une

pareille récompense? Biais avait-il
fait un général prisonnier? Avait-i
chargé sur une batterie, sabré des artilleurs et contribué à enlever des
pièces de canon? Avait-il pris un drapeau, des fourgons précieux, ou sauvé
la vie à un officier supérieur français?
Voilà des questions qu'on doit faire
naturellement et auxquelles il m'est
impossible de répondre, car à cet
égard je n'en sais pas plus que mes
lecteurs. Par une singularité inexpli-
cable, pourquoi choisir pour résidence
la commune de Courcelles qu'il n'avait
jamais habitée, au lieu de se retirer
dans son pays, où il aurait retrouvé
ses amis et ses parents? Quoi qu'il en
soit, Pierre Biais n'a jamais reparu ni
à Pellouaille, ni à Courcelles, ni à
Saint-Jean-d'Angély; il aura sans
doute été grièvement blessé et sera
mort dans un hôpital au moment où
M. le Ministre de la guerre écrivait à

son sujet à mon père. Son acte de décès aura été transmis au maire de sa commune, et sa tombe ignorée ne rappelle probablement pas l'*action d'éclat* qui avait fixé l'attention de l'Empereur.

On voit qu'il ne faut pas toujours juger les hommes d'après leurs antécédents ; car personne ne se serait douté qu'un des plus braves soldats de l'armée française était caché sous la blouse du poitevin Pierre Biais, réfractaire, et déjà passible des peines sévères décernées contre les conscrits peu empressés à rejoindre leurs drapeaux.

CHATEAUDUN

18 octobre 1870

———

Dès les premiers jours de l'invasion, raconte M. Emile Corra, à qui nous empruntons le récit de l'héroïque défense de Châteaudun, « la ville s'était signalée par son esprit de résistance, par sa volonté formelle de s'opposer, coûte que coûte, aux progrès de l'envahisseur, et les Allemands n'avaient pas encore atteint l'Orléanais, le mois de septembre ne s'était pas encore écoulé, que déjà la garde nationale était armée, faisait des reconnaissances, s'avançait au-devant de l'ennemi, et qu'un appel énergique était adressé à toutes les communes voisines pour obtenir leur concours.

» Aussi, quand les francs-tireurs de

Paris, qui battaient la contrée sous les ordres du commandant Lipowski, arrivèrent à Châteaudun, trouvèrent-ils une population si enthousiaste et si résolue, qu'ils décidèrent aussitôt de la seconder dans l'œuvre sainte qu'elle avait entreprise.

» Les pavés furent soulevés, les charrettes renversées, les arbres abattus; des remparts improvisés furent édifiés, en un mot; et, à la suite d'une fausse nouvelle qui annonçait la marche de tout un corps d'armée sur la ville, les francs-tireurs, qu'on croyait impuissants à soutenir la lutte, ayant reçu l'ordre de se retirer, la garde nationale, qui avait absolument refusé de se laisser désarmer, protesta de telle façon qu'il fallut contremander la retraite et rappeler les braves volontaires.

» Déjà ceux-ci avaient accompli plusieurs actions d'éclat et conquis l'estime de la population, quand le 18 octobre arriva.

» La ville renfermait alors :

» 9 Compagnies de francs-tireurs de Paris, environ sept cents hommes;

» 1 Compagnie de francs-tireurs de Nantes, cent cinquante hommes;

» 1 Compagnie de francs-tireurs de Cannes, cinquante hommes;

» La garde nationale de Château-dun, trois cents hommes;

» Au total, mille à douze cents hommes.

» Tant de fausses alertes avaient été données depuis quelques jours, qu'on avait fini par se persuader que les Prussiens hésitaient à marcher en avant, lorsque tout à coup le 18 octobre, vers midi, sans qu'aucune sommation eût été faite, sans qu'un cri d'alarme eût été poussé, l'artillerie bavaroise se mit à vomir la mitraille sur la ville.

» Aussitôt les francs-tireurs, les gardes nationaux, s'emparent de leurs armes; ils se précipitent vers les portes, se jettent à la hâte dans les vignes et les habitations isolées et commencent un feu nourri contre les pelotons de la cavalerie ennemie qui s'avancent; mais des masses d'infanterie allemande couvrent la plaine; à tout instant de nouvelles batteries se démasquent, et les défenseurs sont bientôt contraints à se réfugier derrière leurs barricades.

» Ils ont, en effet, en face d'eux — ce sont les documents publiés par l'état-major prussien qui le constatent — la division d'infanterie du général Von der Thann tout entière, la brigade de cavalerie du général Hontheim, et ils peuvent apercevoir dans le lointain deux autres brigades de cavalerie prêtes à entrer en action; ils avaient enfin à lutter, eux douze cents, qui ne

PENDANT DOUZE HEURES, ILS RÉSISTENT A
CES FORCES ÉCRASANTES. (P. 70.)

possédaient aucune pièce de canon,
contre près de *dix-huit mille hommes*
munis de plus de *trente pièces* d'artillerie. Et, pendant douze heures, ils
résistent à ces forces écrasantes qui
se renouvellent sans cesse, et, pendant longtemps, la mort seule fait des
vides dans leurs rangs. Un moment
même, redoublant de courage et d'é-
nergie, ils parviennent à rompre, sur
un point, le redoutable cercle de fer
qui les étreint et forcent les Prussiens
à abandonner deux pièces de canon
dont le manque de chevaux les empê-
che malheureusement de s'emparer.

» La nuit tombe; aucun pouce de
terrain n'a encore été cédé; trois
mille obus ont été lancés sur la ville;
des incendies ont éclaté en maints en-
droits, et tous les édifices, dans lesquels la population s'est réfugiée, le
château, l'Hôtel-de-Ville, les églises,
l'hôpital lui-même, ont été atteints et

sont devenus presque inhabitables ;
les morts s'entassent au pied des barricades ; mais garde-nationaux et
francs-tireurs sont toujours là, ac-
cueillant par de terribles feux de
peloton toutes les troupes qui se dé-
couvrent un instant à leurs yeux.
Alors, inspiré par on ne sait quelle
funeste résolution, le commandant
Lipowski, qui était demeuré au centre
de la ville entouré de quelques compagnies constituant la réserve, donne
subitement l'ordre de la retraite, sans
même informer de son mouvement
ceux qui soutiennent la lutte.

» Or, c'était le moment choisi par
l'ennemi pour tenter une action décisive. Si un renfort, si faible qu'il fût,
eût été envoyé aux combattants des
barricades, cette tentative échouait,
et le succès, si vaillamment maintenu
jusque-là, restait entier à nos armes.

» Ce renfort n'arriva pas, il ne pou-

vait plus arriver, grâce à l'impré-
voyance du commandant en chef.
Aussi bientôt l'ennemi rompt la première ligne de défense, fait irruption
dans la ville, et aussitôt, la torche et
le pétrole en main, il répand l'incendie
dans les quartiers qu'il occupe.

» Cependant, les quelques défenseurs épars se raillient sur la Grande-
Place; ils sont cent cinquante; ils
voient s'avancer vers eux, éclairés
par les lueurs sinistres de l'incendie,
une véritable avalanche d'ennemis.
N'importe! ils veulent tenter un effort
suprême. « *A la baïonnette!* » s'écrie
l'un d'eux, et « *Vive la République!* »
s'écrient les cent cinquante héros
d'une seule voix; et, entonnant la
Marseillaise, la baïonnette en avant,
ils se précipitent avec une impétuosité
irrésistible sur les assaillants. La
place est balayée.

» Trois fois ce combat corps à corps,

cette melée terrible, dans laquelle
l'incendie seul permet de se recon-
naître, recommence; trois fois l'ennemi est repoussé.

» Enfin les forces et les munitions
manquent, et, harassés, les défenseurs
se dirigent vers la seule issue restée
libre, laissant les Prussiens stupéfaits
et incapables de les poursuivre.

» Il est minuit! *Deux cent trente-
cinq maisons,* les deux tiers de celles
que contient la ville, sont en feu; on
enferme un paralytique dans sa de-
meure; on fusille un vieillard qui
proteste contre les barbaries com-
mises; on laisse cinq familles étouffées
dans les caves; enfin, l'état-major
lui-même se signale par un acte hor-
rible.

» Il a copieusement dîné et plus
copieusement bu; il fait appeler l'hôtesse et l'interpelle ainsi, par l'organe
du général Witich :

» — Excellent dîner, Madame, surtout pour un dîner qui n'est pas com-
mandé d'avance.

» — Vous êtes indulgent, général,
dit l'hôtesse.

» — Non ! non ! excellent, en vérité !
reprend le général. Aussi je veux
vous récompenser par un conseil : Si
vous avez ici quelque chose de précieux, faites-en un paquet et quittez
vite votre maison ; il n'y fera pas bon
dans un quart d'heure. »

» Et, au même moment, un autre
officier, *monseigneur le duc de Saxe-
Meiningen*, se dirige allègrement vers
la fenêtre la plus proche et met le feu
aux rideaux. Les officiers subalternes
imitent son exemple et répandent
l'incendie dans toutes les parties du
bâtiment. Ce n'est qu'à cinq heures
du matin que quelques courageux
habitants, qu'aucun mauvais traite-
ment ne rebute, peuvent arriver au-

près du commandant prussien et obtenir de faire manœuvrer les pompes.
Deux jours après, le 20 octobre, à
quatre heures du matin, a écrit le
correspondant de la *Gazette de Cologne*,
« les feux qui s'élevaient des mon-
» ceaux de cendres étaient encore si
» violents qu'il faisait clair comme en
» plein jour. »

« Ce n'est pas tout! Les maisons
que l'incendie ne dévore pas sont dé-
valisées ; on en brise les portes à coups
de hache ; on en spolie tout le con-
tenu ; on les livre enfin à un tel pillage,
que quelques jours plus tard il faut
que le gouvernement de la Défense
nationale accorde une subvention de
cent mille francs à Châteaudun, et que
de dévoués patriotes aillent demander
de bourg en bourg des vêtements pour
les habitants qui errent, demi-nus, sur
les ruines de leur ville.

» Les Châteaudunois se sont consolés de toutes ces humiliations, de toutes ces douleurs, en songeant qu'ils ont couché dans la tombe *trois mille* ennemis, et que, comme l'a déclaré le gouvernement d'alors, ils ont bien mérité de la patrie. »

Bataille de St-QUENTIN

19 janvier 1871

———

Dès que Bazaine eut signé la capitulation de Metz, le prince royal de Prusse put diriger ses troupes sur le nord et l'ouest de la France. Nous dûmes alors organiser en toute hâte un corps d'armée supplémentaire, destiné à tenir tête à cette nouvelle armée d'invasion que nous valait la trahison de Bazaine. Le général Faidherbe fut chargé de cette organisation et reçut la mission de s'opposer à la marche de l'ennemi.

La responsabilité était lourde : elle ne le fit pas reculer. Avec quelques dépôts qui restaient dans les villes de la région, le général improvisa les cadres de l'armée du Nord, et parvint à réunir en toute hâte à peu près vingt-cinq mille hommes, dont quinze mille à peine exercés au maniement des armes. Point de cavalerie, presque pas d'artillerie. Voilà avec quels éléments il lui fallut combattre.

Faidherbe ne désespéra pas. Après avoir vaillamment lutté à Pont-Noyelle, à Bapaume, à Villers-Bretonneux, il allait engager une action décisive devant Saint-Quentin.

Voici en quels termes émus M. Jules Claretie raconte cette bataille dans son *Histoire de la guerre de* 1870-71 :

« Le 18 janvier, dit-il, on se battait du côté de Vermand, et les Prussiens étaient repoussés.

» Le soir, devant la commission municipale, Faidherbe, digne comme un stoïcien (le mot a été dit par M. Malézieux, président de la commission), disait froidement à peu près ce qui suit :

» Demain je donnerai ou plutôt j'ac-

» cepterai la bataille. Gambetta l'or-
» donne et il faut faire une diversion,
» car Paris tente une sortie. (C'était,
» on le sait, la sortie de Buzenval)
» Mon armée est une masse, mais une
» masse faible. Je serai battu, mais
» battu glorieusement. Les Prussiens
» pourraient nous repousser à deux
» heures; je les arrêterai toute la
» journée. »

« Le 19 au matin, les Prussiens at-
taquaient; et jusqu'à trois heures de
l'après-midi, moment où entrèrent en
ligne des masses ennemies venues de
La Fère, de Laon, de Paris, nos soldats résistèrent bravement. Ils combattaient dans la neige, la boue collant
aux pieds, les talons enfonçant dans
la glaise : ce temps boueux était le
même à Montretout et à Saint-Quentin.
Le combat fut presque entier d'artillerie et livré dans un vaste espace.
Sur ces coteaux ou plutôt ces plaines

aux ondulations légères, la canonnade faisait rage.

» Le terrain bouleversé, creusé, trépigné, labouré par les obus, témoigne encore de l'acharnement des hommes. Au *Moulin-de-Tout-Vent*, à la place où la plus terrible et la plus meurtrière des batteries françaises avait tonné, la terre tourmentée semble, après un an passé, sentir toujours la tuerie.

» Le vice capital des positions de Faidherbe, c'étaient la situation prise sur les deux rives de la Somme. Son armée se trouvait, pour ainsi parler, à cheval sur les deux côtés du canal de Saint-Quentin et la rivière, c'est-à-dire partagée en deux, divisée par les marais, qui rendaient difficiles ses mouvements et la communication des régiments entre eux, et même des officiers d'ordonnance, presque impossible d'une rive à l'autre. Comment,

en effet, se mouvoir dans des marais?
Comment manœuvrer sur cet impra-
ticable terrain et entre ces deux cours
d'eau? A dix heures et demie du
matin, la bataille commencée, l'armée
française formée en demi-cercle, tenait, en s'appuyant sur Saint-Quentin,
tout le terrain qui va de Mesnil-Saint-
Laurent à Rocourt. Les batteries, for-
tement établies entre Neuville-Saint-
Amand et Gauchy, à droite, allaient
battre bientôt à gauche, lorsque la
bataille changea de terrain, le bois de
Savy, où, durant cette journée du 19,
les pertes des Prussiens furent consi-
dérables.

» L'armée allemande, puissante,
soutenue par une cavalerie nombreuse
(nous avons dit déjà que Faidherbe
manquait absolument de cavalerie et
pouvait à peine disposer de deux es-
cadrons), cette armée, dont le nombre
s'augmentait d'heure en heure, occu-

pait Seraucourt, Essigny-le-Grand, Cérisy et n'engageait qu'avec une prudente avarice ses réserves accumulées le long des routes de La Fère et de Chauny. En outre, prêt à soutenir ses fantassins qui combattaient à Itancourt, ou ses batteries qui tonnaient devant Urvillers, le général von Gaben abritait derrière les maisons de ces villages des régiments entiers de dragons ou de chasseurs à cheval prêts à charger.

» Ces masses sombres de cavalerie apparaissent sur le plan de bataille comme de formidables menaces et semblent dissimulées derrière les villages comme autant de pièges.

» Faidherbe se tenait à Rocourt, suivant les mouvements de cette longue bataille.

» Le 22ᵉ corps français, placé à l'aile droite de l'armée, résistait avec une fermeté grande à l'ennemi.

» Malheureusement, le 19ᵉ régiment allemand, nous attaquant vers l'aile gauche, parvint à déborder les soldats qui défendaient la gare et s'empara de ce point décisif. Le 23ᵉ corps allait bientôt se mettre en retraite et entraîner avec lui le 22ᵉ, qui se battait avec tant d'énergie.

» Durant tout le jour, au surplus, l'ennemi avait reçu de divers points des renforts importants. Ils arrivaient de La Fère ou de Laon ou même de Paris.

» Des régiments descendaient de chemin de fer pour entrer en ligne. C'est encore là un exemple de l'étonnante organisation militaire de la Confédération. Nous avons vu qu'à Spickeren (Forbach) les Allemands avaient fait de même. Cette entrée en ligne de troupes fraîches, vers la fin de toutes ces terribles journées, est un des triomphes de leur tactique.

Le soir de la bataille de Saint-Quentin, les troupes ennemies qui occupaient la ville venaient de sortir de wagon. Elles contrastaient étrangement, par leur tenue correcte, la propreté de leurs vêtements et de leurs armes, fusils luisants, bottes cirées, avec les autres régiments allemands engagés depuis le matin.

» Notre artillerie, placée au Moulin-de-Tout-Vent, avait fait un grand carnage des ennemis. Elle devait, lorsque la bataille fut perdue, contenir les assaillants.

» Le soir de ce jour funèbre, les soldats fuyaient, traversaient Saint-Quentin par la place de l'Hôtel-de-Ville ou par le faubourg Saint-Jean, poussés par les Prussiens et s'arrêtant encore pour tirer leurs derniers coups de feu. Quelques-uns, au bas de la rue d'Isle, ébauchèrent une barricade à l'endroit où la garde nationale s'était défendue le 8 octobre ; mais la résistance était inutile, impossible.

» Les bataillons fuyaient pêle-mêle ; c'était, sur la place et dans les rues, le défilé hideux, l'égrènement ou le torrent de la déroute. On jetait ses équipements, on jetait ses armes, on buvait en hâte quelque verre de vin que vendait une main sortant d'une porte entr'ouverte, on changeait de vêtements, on se cachait, on se blottissait dans les caves. Des blessés tombaient parfois inanimés sur le pas des portes.

» Cependant, l'artillerie, après avoir protégé la retraite, se retirait intacte. D'autres héros inconnus faisaient jusqu'à la fin bonne contenance.

» Ce sont ceux-là que l'histoire oublie et qui, à l'heure où tout succombe, où la panique et le désordre jettent leurs cris farouches, restent calmes, combattent encore et font leur devoir jusqu'au bout!

» Etre fidèle au drapeau vainqueur, le beau mérite! Il vous enveloppe dans son rayonnemement. Mais la vraie gloire est de demeurer attaché au drapeau vaincu et de sourire encore à ses haillons. On retrouva, le lendemain, dans un angle de rue, le cadavre d'un marin troué de coups de baïonnettes et couché sur un tas de Prussiens qu'il avait immolés à coups de hache.

» La nuit était venue. Encore une fois l'ennemi entrait dans la ville. Le sabot des chevaux retentissait sur la grande place.

» Ordre d'allumer des lumières, lanternes ou bougies, aux fenêtres des maisons; on tirerait sur chaque maison qui resterait sombre. Ordre de livrer les armes, de dénoncer les soldats réfugiés. Réquisitions partout.

» Cette bataille de Saint-Quentin pouvait amener la destruction totale de l'armée du Nord. L'ennemi n'osa point poursuivre Faidherbe. Le vainqueur, qui avait cinq mille hommes hors de combat, se contentait de ramasser nos traînards; nous avions perdu trois mille hommes. »

UN JEUNE SOLDAT

Bien que le jeune soldat dont il est ici question n'ait point encore eu l'occasion d'accomplir aucune action héroïque, nous pensons qu'il y a lieu de placer le touchant récit de son début dans la carrière militaire à la fin de ce petit volume consacré aux *Défenseurs de la Patrie,* — récit qu'a donné l'*Abbévillois* le 23 octobre 1886. Sans aucun doute, celui qui, tout enfant, a montré un tel désir d'être soldat saura, le cas échéant, faire bravement son devoir au milieu de ses compagnons d'armes et tiendra à soutenir vaillamment l'honneur du drapeau qu'il s'est choisi, s'il devient jamais nécessaire de défendre le sol de la patrie.

A la fin du mois d'octobre 1886, le
3ᵉ chasseurs a reçu un engagé volontaire, dont l'entrée au service a été
particulièrement fêtée par ses camarades, car il était depuis cinq ans
l'enfant adoptif du 2ᵉ escadron.

Son histoire est d'une touchante
simplicité, et point banale. Elle fait
autant d'honneur aux soldats qui ont
mené à fin cette bonne œuvre, qu'à
l'enfant qui a su s'en rendre digne.

En août 1881, le 3ᵉ chasseurs était
au camp de Châlons pour les grandes
manœuvres de cavalerie. Le régiment
était cantonné dans une série de villages ; le 2ᵉ escadron occupait Cuperly,
et c'était chaque jour, dans les petites
rues de ce hameau, le va-et-vient des
soldats, mêlant leur gaieté bruyante
et bon enfant au sympathique accueil
des habitants.

Parmi les plus empressés autour
d'eux, les chasseurs avaient remarqué

un petit malheureux d'une douzaine d'années, à la physionomie intelligente, mais pieds nus, presque déguenillé.

Chaque jour il attendait le **retour de** l'escadron; parfois même il allait au-devant de lui très loin, vers le lieu des manœuvres.

Quand les soldats descendaient de cheval, il tournait autour d'eux, s'ingéniant à les aider, s'intéressant aux chevaux. Il avait sa place marquée à la « popote; » la meilleure part lui était réservée.

Tous le connaissaient, officiers et soldats; ils l'appelaient simplement le « gosse. »

D'où venait-il? On ne savait au juste. Les gens du pays disaient que c'était un petit vagabond; son père devait être berger quelque part dans les environs, et ne s'occupait nullement de lui; l'enfant avait poussé à la diable, à travers champs, vivant de l'air du temps et d'un morceau de pain donné dans les fermes ou les villages, couchant de ci, de là, dans les granges, pas peigné, peu vêtu, un vrai petit sauvage.

Les chasseurs avaient eu pour lui un attrait tout puissant; jamais on ne l'avait accueilli et choyé de la sorte. Aussi ne quittait-il plus ses chers soldats.

Dans cette petite tête d'enfant aux idées confuses, s'il y avait des notions d'une Providence bonne et secourable, elle devait assurément lui apparaître sous la forme d'un cavalier à dolman bleu.

Les manœuvres étaient finies, tous les régiments massés autour de Châlons allaient regagner leurs garnisons.

Le jour où les chasseurs firent leurs préparatifs pour quitter Cuperly, le « gosse » était tout triste. Il disait :

« Emmenez-moi, je veux partir avec vous. »

Les soldats avaient ri. Un enfant ne s'emporte pas comme cela dans une poche! Mais au fond, plus d'un était peiné de laisser là ce pauvre petit.

Le lendemain, au point du jour, dans le brouhaha des adieux aux habitants quand on lui eut défendu de suivre l'escadron, comme il en manifestait l'intention, l'enfant parut se résigner, et, sans pleurer, il regarda les chasseurs s'éloigner sur la grande route.

Il avait son idée. Au bout d'une demi-heure, il partit à son tour par des sentiers de traverse. « Je vais les rattraper, pensait-il; et quand on sera loin de Cuperly, il faudra bien qu'ils me gardent! »

S'étant très hâté, il aperçut une longue file de cavaliers, et, dans la poussière, il distingua l'uniforme bleu clair.

Mais il eut beau courir le long de la colonne, cherchant, plein d'angoisse, les visages connus, il ne retrouvait pas son 2e escadron. Il s'était trompé et venait de rejoindre le 12e chasseurs de Rouen.

Quand l'enfant fut convaincu de son erreur, il ne perdit pas courage. Il reprit sa course à travers champs, fit encore plusieurs lieues, et, exténué de fatigue et de faim, il atteignit enfin le 3e chasseurs à la grande halte que le régiment faisait avant d'entrer dans Reims.

Quand on le vit arriver ainsi, grandes furent la surprise et l'émotion. Chacun s'empressait autour de lui, le faisait boire, manger, pour le réconforter. Puis on le mena au capitaine-commandant, qui était alors M. Michelin.

Le capitaine lui demanda pourquoi il courait après le régiment : « Parce que, répondit l'enfant, je veux partir avec les chasseurs et rester avec eux. »

Et comme on lui expliquait qu'il n'était pas possible de quitter ainsi sa famille, son pays, il répondait toujours la même chose : « Je veux rester avec les chasseurs, je ne connais qu'eux, je n'aime qu'eux ; »

Le capitaine le menaça de le faire reconduire par les gendarmes. « Oh ! ça ne me fait rien, répliqua-t-il, je saurai bien me sauver de Cuperly, j'irai tout seul jusqu'à Amiens pour vous rejoindre ! »

Les soldats entouraient le groupe des officiers, anxieux, n'osant pas, devant le capitaine, insister pour leur petit protégé. L'un d'eux, un ancien, s'enhardit : « Laissez-nous l'emmener, mon capitaine, c'est notre petit... »

Le capitaine était plus ému qu'il ne
voulait le laisser paraître. D'ailleurs,
on ne pouvait abandonner l'enfant sur
la grande route, à huit lieues de
Cuperly. Il fut placé sur un des fourgons. Et en marche !

C'est ainsi que le jeune Beuzart,
bien assis sur des couvertures et des
manteaux, aussi mollement bercé
qu'on peut l'être sur un fourgon de
l'armée, suivit, d'étape en étape, le
2e escadron jusqu'en Picardie.

A Amiens, les bâtiments du quartier de cavalerie sont vieux et sombres. Auguste Beuzart les trouva
merveilleux ; c'est qu'il était là, l'enfant gâté de l'escadron, mangeant à
la cantine, couchant dans la chambre
des fourriers.

Dès les premiers moments, le capitaine Michelin, soldat aux sentiments
élevés et généreux, avait eu la pensée
d'assurer le sort de cet enfant.

Ce n'était pas tout simple. Il y avait des parents sans doute, un maire, un juge de paix, des formalités...

Le colonel, non seulement accorda de grand cœur l'autorisation de tenter les démarches nécessaires, mais il les encouragea. Le maire de Cuperly répondit qu'Auguste Beuzart était moralement et matériellement abandonné, et que le père, pauvre berger, ne demandait pas mieux que n'importe qui se chargeât de l'enfant.

Tout fut vite régularisé alors; restait la question financière. Un jour, après le pansage, le capitaine rassembla tout l'escadron dans la cour du quartier. En quelques mots il exposa la situation, disant que, puisque l'escadron avait recueilli un enfant, il ne fallait pas seulement le choyer, mais s'occuper de son éducation et par là de son avenir.

Le moyen pratique d'assurer la

durée de leur bonne action fut que tous les cavaliers, à chaque prêt, y consacrèrent un sou, les brigadiers deux, les sous-officiers quatre.

Les officiers se firent la part plus large encore dans cette générosité.

Auguste Beuzart fut placé dans un pensionnat, à Saint-Fuscien, près d'Amiens, et, dès les premiers mois, i. réjouit ses maîtres et ses amis de l'escadron par son application et ses progrès.

Au bout de la première année, après la distribution des prix, quand, couvert de lauriers, il revint au quartier, sa maison paternelle, le capitaine fit rassembler tout l'escadron en grande tenue : c'était fête de recevoir le petit collégien.

L'enfant, dans le cercle des soldats, lut alors un petit compliment, gentiment tourné, où il remerciait ses chers et grands camarades de ce qu'ils

L'ENFANT LUT ALORS UN PETIT COMPLIMENT.

(P. 99.)

avaient fait pour lui, et promettait de continuer tous ses efforts pour s'en rendre digne et devenir un homme et un soldat.

L'émotion fut générale ; et ce jour-là, au plaisir des adoptants et de l'adopté, le capitaine Michelin fut bien récompensé de son inspiration.

Cinq années se passèrent de la sorte. Le jeune Beuzart était un élève modèle. Il apprit les mathématiques, les langues étrangères, et obtint brillamment ses diplômes d'étude.

Pendant les vacances il revenait au quartier, logeant dans la chambre des fourriers, dînant avec les sous-officiers, apprenant l'escrime et l'équitation. C'était bien le moins que l'enfant d'une famille qui a tant de chevaux devînt bon cavalier.

Les soldats le recevaient, chaque fois, avec la même affectueuse amitié.

Bien qu'il eût grandi, ils l'appelaient toujours le « gosse. »

Les anciens, en quittant le régiment, s'intéressaient encore à lui, et les conscrits, en arrivant, apprenaient de leurs camarades que l'escadron avait un enfant dont il était fier. Et le sou du prêt fut toujours versé avec le même généreux empressement.

Le 2ᵉ escadron est venu d'Amiens à Abbeville; le capitaine Michelin, nommé commandant aux spahis, a été remplacé par le capitaine O'Madden; bien des soldats sont partis, bien d'autres sont entrés au service; Auguste Beuzart était toujours l'enfant adoptif. Officiers et soldats avaient pour lui le même attachement; les nouveaux arrivés avaient le cœur à la hauteur de leurs devanciers. Il semblait que tous, dans l'escadron, outre la confraternité des armes, fussent plus étroitement unis encore par la solidarité de cette bonne œuvre. Et le « gosse, » ayant atteint dix-huit ans, a signé à la mairie son engagement volontaire; et, revêtu enfin de cet uniforme tant désiré (le dolman bleu et le pantalon rouge, image pour lui, non seulement de la patrie, mais de la famille), il a été incorporé à son cher deuxième escadron.

A cette occasion, le colonel Magnan, avec cette noblesse de pensée et cette élévation de sentiments qui rehaussent des qualités militaires si remarquées aux grandes manœuvres, a adressé un ordre du jour à son régiment.

Après avoir rappelé brièvement les faits, il annonce qu'il va porter à la connaissance du ministre de la guerre cette simple et touchante histoire, et il félicite en un fier langage tous les hommes du 2ᵉ escadron, les anciens et les nouveaux, tous ceux qui se sont

unis dans cette bonne œuvre et qui
ont eu cet honneur de former un
homme et un soldat.

« Ils ont, dit le colonel en termi-
nant, mis aux mains de Beuzart une
arme dont il saura se servir pour défendre cet étendard dont les plis ont
abrité son enfance. »

Il n'y a rien à ajouter à ces paroles.
Quand on voit dans notre armée de
tels exemples et un tel langage venir
d'en haut, des soldats avoir le cœur si
bien placé et si large, des enfants
prendre l'uniforme avec cet enthousiasme, il est permis, nous sommes
heureux et fiers de le dire, de tout
espérer de notre avenir militaire. La
terre de France est toujours la terre
des généreux et des vaillants.

Le 3ᵉ chasseurs a des noms de ba-
tailles inscrits en lettres d'or sur son
étendard : Jemmapes, Maëstricht,
Krasnoë, Wagram, souvenirs de gloire

qui sont la fierté et le patrimoine commun de tous, au régiment. Recueillir un enfant, l'adopter, l'élever et le recevoir dans ses rangs, cela n'est pas fait pour déparer une telle légende. Quand les trompettes sonneront-elles? — Dieu le sait. Il y a encore de la place pour inscrire sur l'étendard des hauts faits nouveaux; mais on peut prédire à l'avance que les belles actions seront faciles à qui sait si bien faire une bonne action.

FIN.

TABLE

—

Les défenseurs de la patrie.   7

Le capitaine Vogel.   12

MM. Desmortiers et Édouard Maître.   19

Quatre braves.   25

Jean Dolfus.   34

Denfert-Rochereau à Belfort.   37

Paul Holle.   47

Pierre Biais.   54

Châteaudun, 18 octobre 1870.   65

Bataille de Saint-Quentin, 19 janvier 1871.   78

Un jeune soldat.   89

FIN DE LA TABLE.

Limoges. — Imp. E. Ardant et C°.

HISTOIRE

DE L'ÉGYP

DEPUIS LES TEMPS LES PLUS RECUL.

JUSQU'A NOS JOU

PAR M· ROY

TROISIÈME ÉDITION

REVUE ET AUGMENTÉE

LIMOGES

EUGÈNE ARDANT ET Cᵢᵉ. ÉDITEU